25437

AUX ARMÉES

FRANÇAISES.

ODE.

AUX ARMÉES FRANÇAISES.

ODE,

Par M. LAMY,

ANCIEN SECRÉTAIRE DE FEU M. HATRY,
GÉNÉRAL EN CHEF DES ARMÉES DE MAYENCE ET DE HOLLANDE,
MEMBRE DU SÉNAT-CONSERVATEUR, etc.

Orbis. — Gentium salus ab uno.

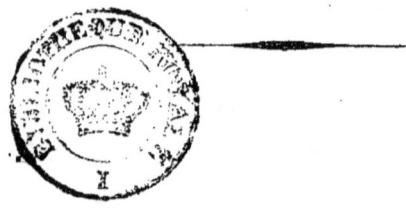

A PARIS,

CHEZ LES MARCHANDS DE NOUVEAUTÉS.

M. DCCCV.

AVANT-PROPOS.

L'ouvrage que j'ai l'honneur de présenter à nos armées, et à chacun des différents corps qui les composent, est moins celui d'un écrivain exercé que l'expression du sentiment profond de l'admiration réfléchie et soutenue qu'ils m'ont toujours inspiré. Ce sentiment ne s'éteindra qu'avec moi.

Français! je vous ai vus aux armées des Pyrénées, de Sambre et Meuse, du Rhin et Moselle, de Maïence, de Hollande : en tous lieux votre infatigable courage s'accroissait par les obstacles; tout lui cede.

Les circonstances amenent-elles un nouvel ordre de choses? L'Egypte vous voit déployer votre valeur sous la conduite d'un chef que la nature s'est complue à former de tous ses dons, de toutes les qualités nécessaires pour rendre à la raison ses droits, au culte sa splendeur, aux Français le bonheur.

Ce bonheur dont nous jouissons, cet éclat qui nous environne, tu le partagerais, Egypte! toi le berceau des sciences : les victoires des Français te le présagent.

Contrée antique ! le temps de ta renaissance n'est que remis, tes destins sont fixés.

Des évènements, heureux dans leur suite, rappelent de ces lointains climats le seul homme en état de sauver la France : elle retombait, sans lui, dans un plus profond abyme que celui sur les bords duquel elle ne se soutenait qu'en tremblant.

Homme unique ! réservé, comme un autre Moïse, dans les décrets du Très-Haut pour le salut de son peuple : NAPOLÉON paraît, tout sort du cahos tout prend une face nouvelle : inaccessibles monts, affreux précipices, rapides fleuves, torrents débordés, rien ne l'arrête : la colonne de nuées le précede ou le suit ; nous renaissons ; enfin nous sommes.

Français ! sous quel poids de reconnoissance votre cœur n'était-il pas oppressé ? vous brûliez de la témoigner.

Un moyen unique était en votre pouvoir : gloire, bonheur, sûreté, tout vous commandait de remettre dans les seules mains de votre libérateur les rênes du gouvernement, de le nommer votre chef suprème. Vous l'avez fait, vous jouissez ; il veille !...

> Vous, habitants heureux de nos paisibles villes,
> Qui filez à loisirs des jours doux et tranquilles,
> Qui, sans doute, ignorez l'art savant des combats ;
> L'Empereur crée pour vous des douceurs qu'il n'a pas.

Je sens que mon sujet m'entraîne : mon cœur desire ; mais la raison me dit : Arrête ; laisse à une plume habile à parler d'un héros.

J'ai à prévenir une objection : peut-être on me blâmera de ne point avoir parlé nominativement de NOSSEIGNEURS LES MARÉCHAUX de l'Empire, de MESSIEURS LES GÉNÉRAUX, et d'avoir nommé celui du génie.

La raison en est simple : ce corps par son essence, par le genre de son service, ne peut avoir d'égal que celui de l'artillerie dont cependant je n'ai nommé aucun chef ; mais il m'était indispensable, en parlant de l'arme du génie, de ne pas la personnifier dans le chef qui la commande si glorieusement. Mon hommage se porte sur messieurs les officiers de cet illustre corps.

Au surplus qu'ai-je desiré faire? qu'ai-je fait?
Offrir à nos armées l'hommage profond et sincere
de mes purs sentiments ; c'est, je crois, le présenter sans réserve à chacun de leurs chefs.

Sous ce double point de vue, et plus soldat
qu'historien, mon but est rempli.

Je n'en demande pas moins l'indulgence des
lecteurs.

AUX ARMÉES

FRANÇAISES.

~~~~~~~~~~~~~~~~~~~~~~~~~~~~

ODE.

QUEL monstre échappé des enfers
Vient par un nouveau cri de guerre,
Digne écho d'un peuple pervers,
Troubler le repos de la terre?
Veut-il servir dans sa fureur
Une nation dont l'ivresse
Lui dérobe la profondeur
De tout le danger qui la presse?
Anglais! malgré le vain effort
D'une infernale politique,
Tu ne peux échapper au sort
Que craint ton pouvoir tyranique.

Deja chassé du continent (1)
Par la main des dieux tutélaires,

(1) De Hanovre.

Crois-tu que le rassemblement
De tous ces soldats mercenaires,
Dont ton or vil paie le sang,
Puisse, un seul moment, de la France
Eclipser l'éclat ou le rang?
Redoute sa juste vengeance!...
Contrainte de la différer,
Aussi prompte que l'est la foudre,
L'instant de l'entendre éclater...
Cet instant t'aura mis en poudre.

Va, sache que tes léopards
Unis à l'aigle de Russie,
Et même à celui des Césars,
Malgré les serpents de l'Envie,
Dans un allié (1) plein de cœur,
Allié que la France estime,
Ne feront qu'accroître l'horreur
D'une union illégitime.
Tremblez, Minotaures nouveaux!
NAPOLÉON second Alcide,
Autant fameux par ses travaux,
Ne craint point un peuple homicide.

Pense-tu donc que le croissant
Pourra, secondant ton audace

(1) S. M. Prussienne.

Trop faible sur le continent
Fermer le Bosphore de Thrace,
Et ne laisser qu'à tes vaisseaux
L'accès libre de ce passage?...
La Nature a dit : « De mes eaux
« J'entends que chacun ait l'usage ».
Oui, tu le verras, mais trop tard,
Croissant déchu de ta puissance,
Que contre l'affreux léopard
Tu n'avois d'appui que la France.

Conduit par un bas intérêt,
Autrichien ! que Londre abuse ;
Des promesses qu'elle vous fait,
Rappelez-vous comme elle en use?
Toi, Russe, qui par tes climats
Appartiens à l'autre hémisphere,
Songe que tu manques de bras
Pour cultiver ta propre terre.
De ton fondateur immortel
Suis l'exemple, imite la France ;
Fais que la Seine et l'Archangel
Ne rivalisent qu'en science.

D'après Rousseau le Genevois (1)

(1) J.-J. Rousseau a dit : « L'Empire de Russie voudra sub-
« juguer l'Europe, et sera subjugué lui-même ; les Tartares, ses
« sujets ou ses voisins, deviendront ses maîtres et les nôtres. Cette

Ta politique incalculée
Nous croyait sans doute aux abois
Et ta frontiere reculée
Jusques aux antiques Germains.
Cet homme, organe du mensonge,
Dans ses écrits faux, incertains,
N'a parlé du bonheur qu'en songe.
De tous les états les beaux arts
Ont assi, fondé la durée.
C'est à Sardam (1), sous ses hangards,
Que Pierre acquit sa renommée.

Mais, d'ailleurs, à qui les dois-tu,
Ces arts qui brillent en Russie?
Au Czar le grand, dont la vertu
Seconda l'étonnant génie.
Ne vois-tu point dans tes palais
Marcher cette ombre révérée,
Et par l'univers à jamais
Entre les grands noms consacrée?

« révolution me paroît infaillible, tous les rois de l'Europe tra-
« vaillent de concert à l'accélerer ». *Journal de Paris;* 11 brumaire,
2 novembre 1805.

Assertion digne de cet atrabilaire, quels que soient les faits
dont on voulut l'appuyer.

(1) Village de Hollande, dans lequel Pierre-le-Grand, tra-
vaillât comme charpentier, pour porter dans son empire l'art de
la construction navale. On y montre encore la chambre qu'il oc-
cupait.

C'est... Catherine! Suis ses pas,
Prince: ne rougis point d'apprendre.
Mérite entre les potentats
Le nom de premier Alexandre.

Mais toi, sauvage Michelson (1),
Soldat digne de l'Hircanie,
Toi, dont on abhorre le nom
Trop fameux par sa barbarie,
Rétrograde!... ou viens des Français
Prendre les leçons vertueuses.
Écoute, mais n'oublie jamais
Ces mots des ames généreuses:
« Honneur au courage vaincu (2) ».
C'est ainsi qu'agit un grand homme:

(1) Général de l'armée Russe : il fit couper le poing à environ trois cent nobles Polonais qui s'étoient battus pour défendre leur pays.

Catherine la Grande, lui ôta deux fois le commandement de son armée, ne pouvant souffrir ces atrocités. *Journal de l'empire*, du 14 brumaire 6 novembre.

(2) Je regrette de n'avoir point pu rendre les propres mots de notre empereur. *Journal de l'empire*, du 15 brumaire: « les « prisonniers autrichiens en défilant sous les yeux de Napo- « léon Ier, témoignoient tous un extrême empressement de le « voir; ils se rappeloient qu'un jour à l'armée d'Italie, dans une « circonstance pareille, lorsqu'il vit passer devant lui les cha- « riots remplis d'autrichiens blessés; il ôta son chapeau en « disant: *Honneur au courage malheureux!*

f

Des Scythes la brute vertu
Ne fut point étrangere à Rome.

Vous, roi de la Sudermanie,
Sur Gustave fixez vos yeux!
Son ombre grande, son génie
Vous regardent du haut des cieux.
Craignez de sa gloire durable,
Qu'il n'acquit que par ses exploits,
Qu'une conduite condamnable
Vous fasse rougir une fois.
Il n'eût connu d'autre alliance
Que celle que prescrit l'honneur :
Gustave eût uni sa vaillance
Contre un peuple dévastateur.

Successeur du grand Frédéric,
L'univers entier te contemple!
Honneur du grand nom de Brunswick,
Tu lui montres un rare exemple.
Impassible comme la loi,
Tu fermes l'oreille aux perfides;
Des traités tu gardes la foi,
Repoussant de honteux subsides.
Dans l'attitude du lion
Qui peut compter sur son courage,
Des coalisés d'Albion
Tu te ris de la vaine rage.

Ainsi que ton prédécesseur
Tu mérites cette couronne
Que le temps appréciateur
Décerne plutôt qu'il ne donne.
Pere chéri de tes sujets
Tu ménages leur existence :
Ferme, tu ne craindras jamais
Aucun écart de la licence.
Comme tu sais te respecter,
Couvert d'honneurs, comblé de gloire,
Je vois nos neveux élever
Un nouveau temple à ta mémoire.

Défenseurs zélés de vos lois,
Guerriers, et sages d'âge en âge ;
Wurtzbourg, Wurtemberg, Bavarois,
Corps germanique, quel présage !...
Que craindre sous NAPOLÉON,
Qui toujours fixa la victoire ?
Seul il protege par son nom
Vos princes, vos droits, votre gloire.
Par le peuple français rendus,
Germains nos aïeux, à vos freres,
Brisez, franchissez vos barrieres,
La raison ne les connaît plus.

Mais toi, qui de Machiavel
Ne suis que les traces affreuses ;

Toi, qui n'es pêtri que du fiel
Des vapeurs les plus vénéneuses;
Toi, l'ennemi de ton pays,
Toi digne fils des Euménides,
Reçoit déja le juste prix
Réservé pour les régicides.
Pitt!... entend-moi : non jamais, non,
Tu ne feras renaître en France,
Ces temps de désolation,
But affreux de ton espérance.

Renonce à ton aveuglement;
Regarde donc le précipice
Que tu creuses tranquillement!...
Du moins que toi seul y périsse!
Puisse ton roi, sur ses vieux ans,
Ne voir point le fer et la flamme
Ravager ses palais sanglants!
Ah! depuis trop long-temps son ame
Est en proie à tes noirs serpents!
Plus tourmentant qu'une furie,
Respecte ses derniers moments;
Tu tourmentas assez sa vie.

Contemple l'Anglais aux abois,
Gémis sur l'industrie éteinte;
Vois ce peuple, grand autrefois,
Dont même on étouffe la plainte!

Fuis loin de la Tamise en pleurs...
Cette rivale de la Seine
Te redemande ses grandeurs.
Les affreux effets de ta haine
Lui font craindre de voir ses eaux
Couvertes de morts; étonnées!...
Des mers aller grossir les flots...
Et reculer épouvantées.

Si tu l'oses, porte les yeux
Sur la France, aujourd'hui paisible.
De combien de remords affreux,
Si ton cœur en est susceptible,
N'est-il pas enfin déchiré?
Que vaine étoit cette espérance!...
Tout l'univers est éclairé
Sur les objets de ta vengeance.
Ceux dont tu croyois te servir,
Instruits par un cœur magnanime (1),

(1) Paroles de S. M. aux officiers-généraux autrichiens faits prisonniers.

« Messieurs, votre maître me fait une guerre injuste : je vous « le dis franchement : je ne sais pourquoi je me bats, je ne sais « ce qu'on veut de moi.

« Ce n'est pas dans cette seule armée que consistent mes res- « sources; cela seroit-il vrai, mon armée et moi, ferions bien du « chemin: mais j'en appelle au rapport de vos propres prison- « niers, qui vont bientôt traverser la France; ils verront quel es- « prit anime mon peuple, et avec quel empressement il viendra

Avec éclat sauront punir
Leur erreur, un fourbe, et son crime.

Qu'entends-je! qui s'offre à mes yeux!
D'où partent ces cris d'alégresse
Qui frappent la voûte des cieux,
Peuple grand!... Je vois ta jeunesse
Qui, de tes plus lointains états,
Brûlante d'une ardeur nouvelle,
Précipite en foule ses pas
Pour voler où l'honneur l'appelle.
Elle se forme aux mouvements
Dont la profonde connaissance

« se ranger sous mes drapeaux; voila l'avantage de ma position,
« avec un mot, 200 mille hommes de bonne volonté accourront
« auprès de moi, et en six semaines feront de bons soldats; au-
« lieu que vos recrues ne marcheront que par force, et ne pour-
« ront, qu'après plusieurs années, faire des soldats.

« Je donne encore un conseil à mon frere l'empereur d'Alle-
« magne; qu'il se hâte de faire la paix : c'est le moment de se rap-
« peler que tous les empires ont un terme; l'idée que la fin de la
« dynastie de la maison de Lorraine seroit arrivée doit l'effrayer :
« je ne veux rien sur le continent; ce sont des vaisseaux, des
« colonies, du commerce que je veux; et cela vous est avantageux
« comme à nous ». M. Mack a répondu que l'empereur d'Alle-
magne n'aurait pas voulu la guerre, mais qu'il y a été forcé par
la Russie. « En ce cas, a répondu l'empereur, vous n'êtes donc
« plus une puissance ». *Journal de Paris*, du 5 brumaire an 14,
27 octobre 1805.

Retient, précipite les temps
D'une victoire qui balance.

Voyez, jeunes enfants de Mars,
Contemplez nos légions fieres (1);
Fixez ces brillants étendards.
Ces aigles à têtes altieres,
Que guide un auguste empereur,
Sont les garants de la victoire
Et le symbole de l'honneur.
Pour vous quelle moisson de gloire!...
Sous l'aile du dieu des combats
Marchez, allez en assurance;
Courez venger les attentats
Des vains ennemis de la France.

Vous Dragons, vous Hussards, vous Guides,
Chasseurs (2), légers comme les vents,
Partez; dans vos courses rapides
Exterminez tous ces forbans!...
Pour toi qui, sans attendre l'âge,
Depuis trois ans dans les dragons
Fais des armes l'apprentissage,
Soutiens leurs brillants escadrons,

(1) Toute notre infanterie,
(2) Les chasseurs à pied et à cheval.

Mon fils!... (1) vole vers la victoire,
Reviens couronné de lauriers :
Que ton nom, un jour dans l'histoire,
Soit célebre entre les guerriers!

Dragons, sur les pas d'Arreghy (2),
Que tous vous aimez comme un pere,
Toi sur-tout, mon fils, mon ami,
Veillez!... sa tête vous est chere.
Soyez-en fiers : notre empereur,
Par un choix de sa bienveillance,
A votre corps a fait l'honneur
De récompenser sa vaillance
Vous le donnant pour colonel.
Mourez s'il le faut pour lui-même,
Amis! un renom éternel
Du soldat est l'honneur suprême.

Quand de l'étoile décorés
Vous retournerez vers vos peres,
Et que de vos faits, avoués,
Vous raconterez à vos meres,
Avides de vous écouter,
Les circonstances périlleuses...

(1) Fourrier dans la sixieme compagnie du premier régiment de dragons.

(2) Colonel du premier régiment de dragons, qui eut son cheval tué sous lui à Wirtenghen.

Je les vois toutes vous baigner
Dans des flots de larmes heureuses.
Soldats! de l'immortalité
Vous voyez le temple et la gloire:
Rendez votre postérité
Jalouse de votre mémoire.

Pourrais-je donc vous oublier,
Vous qui fûtes toujours en France,
Toujours, dans le plus grand danger,
Renommés par votre vaillance!
Vous, Gendarmes, vous, Cuirassiers,
Et vous, Grenadiers (1), tous émules!...
Nos ennemis sur leurs coursiers,
Chassés par de nouveaux Hercules,
Par-tout fuient épouvantés.
Ils courent cacher leurs défaites
Jusque dans les climats glacés
Qui leur servirent de retraites.

Mais entre ces corps si fameux,
Tous fais pour fixer la victoire,
J'en vois briller au milieu d'eux
Qui ne leur cedent point en gloire.
C'est vous rapides Canonniers (2)

(1) Les grenadiers tant à pied qu'à cheval.
(2) L'artilerie à cheval.

Qu'à peine peut suivre la vue ;
Qui, comme les aigles altiers,
Volez, frappez, fendez la nue.
Vous qui, le compas à la main (1),
Déterminez les paraboles ;
Vos noms grands gravés sur l'airain,
Marmonts (2), ont retentis aux poles.

Par vous tous ils sont terrassés
Tous ces ennemis de la France ;
Dans leurs projets déconcertés
Ils ont recours à la clémence
Du héros que le Tout-puissant
Dans ses décrets, que rien n'arrête,
Créa, conduisit : ordonnant
Que seul il soit son interprete.
Il commande... Eh bien ! c'en est fait,
Disparaissez... il vous l'ordonne.
Connaissez au moins son bienfait ;
Il vous vainquit, il vous pardonne.

Vous, Français, qui dans ces climats
De l'antique et grande Italie (3),
Reconnaissez par-tout les pas
Des héros morts pour leur patrie,

(1) L'artillerie et le génie.
(2) Général du génie, et MM. les officiers de ce corps.
(3) Notre armée d'Italie.

Suivez leurs exemples fameux.
Déja votre valeur extrême
A chassé loin de ces beaux lieux
Vos ennemis, ceux de Dieu même.
Voyez!... c'est ce Dieu qui pour vous
Veut... dit... à l'instant la Victoire
Les anéantit sous vos coups.
Oui! Dieu vous conduit à la gloire.

Etre incréé dont le pouvoir
Protege ouvertement la France;
Toi, son premier et sûr espoir,
Comble sur nous ta bienveillance!
Il a relevé les autels,
Celui que ta bonté suprême,
Du sein des conseils éternels
Tira, comme un second soi-même,
Pour l'honneur du peuple français.
Nos vœux invoquent ta clémence;
Dieu bon! exauce nos souhaits
En prolongeant son existence!

Organe (1) vrai du Tout-Puissant;
Vous de Dieu le premier vicaire,
Priez que ce Dieu bienfaisant,
Que vous représentez sur terre,

(1) Le saint-pere.

Couvre celui dont l'oint sacré
En face de son sanctuaire
A béni le front révéré,
Que par sa force tutélaire,
Vainqueur de tous nos ennemis,
Seul il soit l'exemple du monde:
Dieu! que tes autels affermis
Jouissent d'une paix profonde.

FIN.

www.ingramcontent.com/pod-product-compliance
Lightning Source LLC
Chambersburg PA
CBHW070909200626
46818CB00006BA/2453